Jack o Destripador
Erika Sanders

Jack o Destripador
Erika Sanders

Sinopse

Tamara non sabía e nunca sabería o que pasou despois diso.

O único que lembraría era o súpeto e cegador destello de luz prateada, unha sensación de ardor na súa gorxa e a cabeza levantada polo cabelo.

De súpeto, era imposible respirar.

Ela loitaba, intentando soltar o agarre, pero descubriu que os seus brazos parecían pesos de chumbo e o seu foco estaba borroso...

Nota sobre a autora:

Erika Sanders é unha escritora de sona internacional, traducida a máis de vinte idiomas, que asina co seu apelido de solteira os seus escritos máis eróticos, lonxe da súa prosa habitual.

Índice:

JACK O DESTRIPADOR
ERIKA SANDERS

CAPÍTULO I

Tamara estaba deitada en silencio debaixo do home, pechando os ollos ao ver o seu rostro feo e retorcido, pero mantendo as pernas abertas o máis amplas posible. Non se podía queixar; despois de todo, estaba limpo e se bañara recentemente, polo que o seu cheiro non era o problema. Eran os seus intestinos. Nunca debería decidir deitar a un home gordo, pero 400 dólares eran demasiado para deixar pasar. $400 dólares, a pelo. A barriga presionaba contra o abdome e era case imposible que respirase fondo. Ademais, o seu pelo púbico fregaba o seu clítoris en bruto e facíase doloroso.

Finalmente, el revelou, fodendo con ela como a súa vida depende diso e bateu no seu burato xa dorido ata que chegou. A cada exaculación subía de un tirón, facéndoa pensar nunha balea que saltaba fóra da auga, e catro chorros húmidos despois, arroiaba dela, os dous sen alento.

Limpou a cara e mirou para ela. "Estaches ben".

"Uh, grazas." Ela sentouse e golpeoulle o medio palpitante. "Importache se uso o teu baño?"

"Para nada. Simplemente faino rápido. A miña muller volverá en calquera momento".

Tamara ergueuse, apretando as pernas con forza para evitar que o seu esperma acuoso se esvarase. Conseguiu aguantar a maior parte ata que puido sentar no inodoro e usar os seus músculos para espremelo. Utilizou unhas bólas de papel hixiénico para limpar a desorde, fregando o interior das pernas e intentando secar o encaixe sobre os ligueros e as medias. Non está mal, pensou. Tirou o inodoro e volveu ao cuarto do hotel, preguntándose se tiña algunha ducha no seu cuarto. Quizais tería que coller algún de camiño a casa.

"Estarás mañá en Essex?"

"Non o sei. Podería ser". Tamara estendeu a man e deulle o seu sorriso máis doce mentres lle colocaba na palma da man billetes de catrocentos dólares. "Queres outra cita?"

"Si. Non atopas demasiadas putas que o fagan sen goma".

Cadela. Odiaba a palabra, pero describía o que era. Ela suspirou e volveu poñer o sorriso falso. "Ben, ven buscarme cando esteas listo".

O suave clic da porta que se pechaba detrás dela era reconfortante, e Tamara camiñou o máis rápido que puido cara ao ascensor. Ela pasou por diante dunha parella maior que lle deu unha mirada mala e inconscientemente tirou do alto da súa saia plisada, sabendo que non cubriría as medias de babydoll e as ligas rosas. O ascensor chegou e sacouna da súa miseria e, en poucos minutos, volveu saír á rúa, respirando o aire fresco da cidade de Nova York.

Tamara viviu na cidade de Nova York durante case catro anos e estivo na prostitución case o mesmo tempo. Un encontro casual nunha terminal de autobuses cando fuxira conectara con Torrance. Sempre buscaba carne fresca e o seu corpo de dezaseis anos encaixaba perfectamente coas súas necesidades. Outra rapaza, Julieta, ensináralle a xogar ao xogo e, en pouco tempo, Tamara estaba a gañar cartos, a maioría dos cales foron reclamados por Torrance. Cando un traficante enfadado de metanfetamina o matou a tiros, ela recorreu a Sellers, outro proxeneta que dirixía un mellor establo. Ela gañou máis cartos con el, pero el esixía que todas as súas mozas montasen aos clientes a pelo. Ao principio negouse, dándolle vía oral gratuíta e levando preservativos ao lado,

Dirixiuse cara a Essex e decidiu coller a rúa de volta ao apartamento de Sellers. Os seus pés estaban matándoa e estaba enfadada porque Juliet levara os seus vellos zapatos negros de carallo sen preguntar. ¡Maldita cadela! Tería que poñerlle unha pechadura mellor á porta. Os vendedores probablemente coidarían dela.

Unha sombra caeu dunha porta e ela conxelouse no medio.

"Boas tardes." A voz era baixa e culta cun acento inglés de David Bowie. "Estás libre esta noite?"

"Non son libre, pero pódenme comprar".

Saíu á luz e ela sorriu, agradecendo a quen estaba arriba que era alto, delgado e guapo.

"Canto?"

"Depende do que queiras".

"Quero que me chupes o pau e tragues o meu semen".

"Sen goma de mascar?"

"Sen goma de mascar. Cal é o custo?"

"$300". Fíxolle un aceno para que seguise e volveron á mesma alcoba pouco iluminada da que el saíra. Inmediatamente comezou a desabotoarse os pantalóns. "Primeiro o diñeiro, profesor".

Unha vez que el entregou o diñeiro e ela pasouno por el e meteuno na carteira, ela axeonllouse no chan sucio, esperando a que el desabrochara o pantalón. O seu pene saíu, groso e duro, e ela fixo un son agradecido cando chegou a ela.

"Benito. Estás seguro de que non queres foder?"

"Si, estou seguro".

Tamara non sabía e nunca sabería o que pasou despois diso. O único que lembraría era o súpeto e cegador destello de luz prateada, unha sensación de ardor na súa gorxa e a cabeza levantada polo cabelo. O seu pene desapareceu da vista e, de súpeto, foi imposible respirar. Ela loitaba, intentando afrouxar o seu agarre, pero atopou que os seus brazos parecían pesos de chumbo e o seu foco estaba borroso.

Só sorriu e, usando o seu cabelo, levantou a cabeza ata que o seu pene rozou a ampla incisión que lle fixera no pescozo. O seu sangue quente e pingando cubriu o seu pene, facendo a entrada esvaradía e aveludada. Perfecto. Simplemente perfecto. Empuxaba unha e outra vez, o seu corpo tremía mentres ela gorgoteaba e loitaba e el soltou a carga, xusto cando ela deu o último alento.

Perfecto. Tirouna a un lado coma o lixo que era e subiu o cremallera dos pantalóns, gozando da sensación do seu sangue viscoso que escorregaba polo seu cabelo púbico e secábase nas bolas. Simplemente perfecto.

CAPÍTULO II

A xefa de detectives Clarice Burton estacionou o seu coche sen marca no bordo da cinta amarela da policía e sacou o seu distintivo, meteuno no peto da chaqueta. O oficial de rexistro tomou nota do seu estatus oficial e fíxolle un aceno para que pasase, observando como se balanceaba o seu fondo redondo mentres se dirixía ao grupo de homes de traxe escuro, a maioría dos cales apartaban a vista cando se achegaba. Era 2004, e o mundo unido dos principais detectives da cidade de Nova York aínda estaba excluíndo ás mulleres. Considerábase un ser menor, aínda que tiña a taxa de resolución máis alta do distrito.

Aínda así, Clarice Burton non estivo preto de morrer a mans dun marido abusivo para permitir que uns homes con pene pequeno a apartasen. O seu compañeiro, Tony Acosta, asentiu con respecto, metendo as mans nos petos e parecía molesto.

"Hola rapaces." Mario Andreotti e John Stevens murmuraron saúdos, observando como ela camiñaba polo seu círculo e cara ao corpo cuberto de sabas. Retirou as cubertas e examinou á nova, observando o corte profundo no seu pescozo e a cantidade de sangue que rodeaba o seu corpo inanimado. "Entón, que temos aquí?"

Os homes intercambiaron olladas, e Acosta abandonou o círculo, agacándose ao seu carón mentres sacaba o caderno. "Chamase Tamara Williams, ten 20 anos. É unha prostituta que sae do sitio de Jamie Sellers. Atopauna Patrick Miller, o lixo que estaba alí".

"Algunha testemuña?"

"Ningún."

"Ela está a perder algo?"

"Non é que poidamos determinar. A súa carteira está aí. Tiña 700 dólares en efectivo, lima para unhas, tarxeta de teléfono e unha botella de esmalte transparente".

"Non hai preservativos?"

"Non".

"Asegúrate de facer unha nota para dicirlle ao forense que busque enfermidades como o VIH/SIDA. Parece bastante saudable, pero se está a facer un traballo sen protección, nunca se sabe".

"Certo. Hai algo máis que podes querer ver". Acosta puxo unha luva, botou a folla cara atrás e aproveitou a punta dun vello bolígrafo para abrir o profundo corte na gorxa da morta. "Veso?"

Burton inclinouse cara adiante, concentrándose nunha mestura branca e espesa que flotaba enriba do sangue coagulado como a masa branca que normalmente se atopa na clara dun ovo. "Que é iso?"

"É esperma".

"Que? Como o sabes?"

"Non estou seguro, pero iso é o que penso". Moveu o bordo do bolígrafo cara abaixo, mostrando a Burton unha liña branca brillante no interior da pel. "Creo que lle cortou a gorxa e agarroulle a ferida mentres estaba morrendo".

"¡Purd!" Levantouse, flexionando os músculos doloridos das pernas mentres contemplaba as súas palabras. "Parece un súper puto pervertido".

"Teño que estar de acordo contigo, Clarence. Ben, que segue?"

"Consigue o que poidas do lixo e supervisa a súa recollida. Dille ao forense que quero saber o que ten na gorxa de inmediato e se é seme, mándao a revisar. Quizais teñamos sorte e atopemos alguén na base". de datos".

"Vale. Que vas facer?"

"Fala con Jamie Sellers. Quizais podo descubrir quen foi o seu último cliente.

"Non creo que este fose un cliente, Clarence. Creo que quen fose o tipo, era independente".

"Tería que estar de acordo contigo, pero non está de máis intentalo".

Burton deixou á súa parella cos seus amigos do departamento e mirou de esguello á xente reunida para ver o corpo. Era sabido que ás veces o autor volvía ao lugar do crime para revivilo ou para deleitarse coa ineptitude da policía. O lixo non parecía desconcertado por descubrir un cadáver e fumaba feliz sen parar, falando por teléfono móbil. A única persoa que chamou a súa atención foi un cura, de pé á beira da multitude, os beizos movéndose mentres rezaba en silencio, mirando o corpo.

"Alégrome de que alguén che dea unha bendición". Ela murmurou para si mesma mentres volvía ao seu coche. "Todos necesitamos iso".

Próxima parada: Central.

***

Sacou unha cervexa da neveira e sentou na súa cadeira favorita, reclinando o sillón para atrás mentres xogaba co control remoto. A televisión acendeu e un anuncio para unha tenda de mobles rematou de reproducirse xusto antes de que comezara o Evening News.

"A nosa historia principal, unha muller foi atopada case sen cabeza nunha rúa do Lower East Side". dixo o presentador. "Imos en directo co noso xornalista no lugar". Neste punto, inclinouse cara adiante, o seu interese espertou. Mentres o xornalista describiu o crime, escaneou os rostros das persoas no lugar. Encantáballe as expresións temerosas e ás veces baleiras nos rostros dos espectadores. O seu pene endureceuse nos pantalóns e desabotouse o pantalón do pixama, dándolle un longo e duro golpe.

"A detective principal deste caso, a detective Clarice Burton, tivo isto que dicir sobre o asasinato". Examinou ao policía tetona e o seu pene fíxose aínda máis difícil. Que bonita era! Todo ese cabelo vermello dourado, ollos azuis, tetas enormes... Deus, como lle encantaría meter o seu pene entre esas belezas e botarlle a carga no queixo. Deuse outro duro golpe, esforzándose co esforzo. Ela continuou comentando algúns dos detalles do crime, e a súa atención chamou a súa boca, ancha e deliciosa, rematada co rosa pálido que lles gustaba ás mulleres novas. Ela era máis que capaz de chuparlle o pau. El xemeu, fregando máis forte agora, usando a maxia da gravadora de vídeo para reproducir a entrevista para que puidese ver a súa boca moverse unha e outra vez.

Un formigueo na base da súa columna indicou a súa liberación e el veu, o seu cum saltando no aire, chorro tras chorro pousando sobre o veludo cepillado da cadeira e a morea de alfombras de abaixo. Jadeando, volveu activar o mando a distancia e foise coxeando, recuperándose mentres observaba o resto da entrevista. Sorprendeuse ao ver ao sacerdote entrevistado a continuación, escoitando as súas benévolas palabras sobre o precioso da vida e a súa promesa de rezar pola nova.

Deus carallo! Voou en rabia, escondéndose e bebendo a súa cervexa. Aquela puta non merecía vivir, non merecía respirar doce. Se o cura quería ter putas polas que rezar, conseguiría o seu desexo. Definitivamente conseguiría o seu desexo.

CAPÍTULO III

Falar con Jamie Sellers fora inútil. Burton xa sabía que probablemente non conseguiría nada del, pero estaba enfadada porque o proxeneta non entregase ao último cliente de Tamara para que o interrogasen. Non amosaba ningunha preocupación real polo benestar das outras mulleres que traballaban para el, só quería saber onde a mataron para poder manter fóra da zona ás outras nenas por medo a ser detidas.

Para el, Tamara era unha pizarra limpa que fora borrada e só pedía o diñeiro da súa carteira. Iso si, Burton negouse, dicindo que o diñeiro sería entregado á súa familia, se é posible e se non se atopan familiares, a Asociación Benévola de Axentes de Policía recibiríao. Os vendedores, por suposto, non estaban contentos. Pechou a porta detrás de Burton, murmurando entre si sobre "os malditos porcos non necesitan máis cartos para as rosquillas".

Como se facía tarde, decidiu coller o arquivo e marchar para casa, quitándose os zapatos e baixando á súa oficina. Un gran taboleiro de cortiza ocupaba a maior parte do espazo da pequena sala e el acendeu as luces, mirando o contido do taboleiro. As instantáneas, os 8 X 10 e outras cousas cubrían case cada centímetro da superficie, todas as representacións visuais de mulleres novas que foran brutalmente asasinadas no seu distrito desde que se converteu en policía. Burton abriu o cartafol de manila na súa man e sacou a foto de Tamara, colocándoa nun espazo baleiro.

Os seus ollos derivaron cara a un 4 X 8 dunha fermosa rapaza de cabelo loiro e brillantes ollos azuis. Tal beleza anxelical fora apagada polo mesmo tipo de man que matara aquela nena hoxe: un home enfadado que a vía como unha ferramenta sexual e non como un ser humano. Tim estaba fumando un cigarro, vendo a televisión cando Clarice atopou o corpo de Angie na súa pequena cama. Nunca esquecería a vista do sangue correndo polo interior das súas pernas e a pura inocencia nos seus ollos sen ver.

Tim Burton estaba agora no cárcere, cumprindo dúas condenas consecutivas de vinte anos polo abuso de Angie e a posterior morte, mentres que Clarice cumpría unha cadea perpetua no seu cárcere culpable, o corazón da súa nai cheo de culpa por fracaso. Ela tragou contra o nudo da súa gorxa e levantou unha man tremente para tocar os bordos deshilachados da foto. Nunca tocaría a parte coloreada da foto; esta pequena foto e un oso de peluche eran o único que quedaba da súa filla.

Burton arrincou a man e volveu os ollos cara a Tamara. Era filla de alguén. Nalgún lugar, tiña unha cama suave e segura para durmir. Nalgún lugar, ela celebrara o Nadal e a Semana Santa con xente que se preocupaba por ela. Non tiña a mirada dura dunha prostituta que nunca vira coidado e preocupación. Nalgún lugar, algunha vez, experimentara o amor.

"¿Por que non agora? A quen coñeceches e non lle mostraches amor? Quen foi o que te deixou morrer no teu propio sangue? Dime, Tamara. Dime quen foi".

***

"Eu non quero ir, Vendedores, e non me podes facer!" Berrou Juliet, volvéndose para marchar. Estaba esgotada de traballar todo o día, doíanlle os pés e non quería ir a facer aquel traballo de última hora que a esperaba na esquina. A imaxe dos ollos mortos como a morte e o corpo retorcido de Tamara estaba demasiado fresca na súa mente.

O agarre de Sellers como un tornillo de banco no seu bíceps cortoulle o sangue do brazo e el asubiou, os seus dentes aliñados brillaban á luz. "Podo facer que fagas o que quero". Rodeouna, achegándose tanto que estremecía, a pesar da bravura que intentaba expresar. "Necesitas que te lembren?"

"Non". Juliet odiaba a si mesma mentres cuspiría a palabra rapidamente, facéndolle saber que a súa intimidación estaba funcionando. "Pero quero que veñas comigo".

"Eu non vou ver como foder algún tipo branco! Agora vai. Deulle un pequeno empuxón cara ao home que esperaba. "E conseguir o diñeiro primeiro!"

Juliet sacudiu o seu cabelo ondulado, alisou o vestido e achegouse ao home, intentando parecer sexy sen pensar canto lle doían os pés. "Ola."

"Ola." A súa voz era suave, case respirada, e apartou a mirada con timidez. "Eres moi fermosa."

"Grazas. Gústanche as mulleres latinas?"

"Ámoos." De novo respirando, pero cun toque de... un acento?

"Entón queres unha cita?"

"Si. Quero foderche as tetas".

"Como estás?" Juliet mirou ao seu redor para asegurarse de que ninguén máis estaba a mirando e deulle un apretón sensual a un dos seus peitos. "Son reais. Queres tocar un?"

Ela tentativamente estendeu a man e tomou un globo, pesando o seu doce peso e despois apretándoo. "Oh merda."

"Dobre D". Xulieta informouno orgullosa. "300 dólares e son teus".

"Tragas?"

"Engade outros 200 dólares e beberei todo o que teñas que dar".

"Feito".

Rindo, levouno a un lugar detrás do contedor e tendeu a man, sorrindo mentres el lle colocaba billetes de cincocentos dólares na man. "Grazas." Con esa parte do asunto fóra do camiño, ela tirou a súa parte superior cara abaixo, deixándolle frotar a súa cara contra eles antes de caer de xeonllos, esperando sen alento para ver o seu pene. Desabotouse os pantalóns e sacoulle o pene, golpeándoo contra as súas meixelas antes de deslizalo entre os seus peitos. Juliet mantivo as súas tetas xuntas, inclinando a cabeza cara abaixo e chupándolle a cabeza á boca con cada pulo.

El xemeu, agarrándoa dos ombreiros para estabilizarse e bombeou a Blanchdo máis rápido. Ía suceder pronto, sentiuno. Esa cóxega familiar. El asubiou mentres o seu pene estalou, meténdoo na súa boca e empurrándoo ata onde podía. Ela atragouse ao principio, despois tragou, agarrándose as súas cadeiras para non amordazarse por segunda vez. Cando finalmente deixou de correr, ela sacou o seu pau da boca e puxo a camisa.

"Adeus."

Juliet non viu o seu brazo arredor da súa gorxa, pero escoitou o chirrido da súa tráquea mentres cedeu a forza dos seus músculos e ósos. E moi pronto, non escoitou nada máis.

CAPÍTULO IV

Jim Blanch chegou á casa da escola á mesma hora que de costume. A súa nai deuse conta cando o recibiu e escoitou os seus pesados pasos mentres subía as escaleiras correndo. Ela sorriu. Jim era un bo rapaz; unha bendición despois do divorcio polémico que tivera que soportar. Este ano estaba a graduarse, era estudante de A e encantáballe xogar ao baloncesto cos seus amigos. O mellor de todo é que limpou o seu cuarto sen preguntar e axudouna cando o necesitaba.

De feito, necesitaba pedirlle que lle fixese un favor. O seu veciño, o señor Greenwell, necesitaba un baúl do seu faiado e Lorna ofrecera a Jim para o traballo. Limpou as mans no mandil, deu a volta ao seu rigatoni de polo e foi ao fondo das escaleiras.

"Jim! Podes vir aquí por favor?"

Lorna esperou pero non obtivo a resposta normal del. Quizais tiña a porta pechada ou estaba escoitando música. Desde que lle merquei ese reprodutor de MP3, ás veces tiña que subir á súa habitación para chamar a súa atención. Ela suspirou, subindo as escaleiras. Tería que facelo de novo e o seu juanete queixouse.

"Carollo! Jim!"

Subiu as escaleiras, apoiándose no pé ferido e apoiouse no descanso, facendo unha mueca. Ela escoitaba música. Coñecía ben a banda; ultimamente, estaba obsesionado con Franz Ferdinand e tocou o seu novo disco unha e outra vez. Baixo o ritmo da batería e o chirrido das guitarras, escoitou outra cousa. Algo sen ritmo; algo que non coincide coa música. Parecía que... os resortes das camas rechinaban.

Jim? Ela non chamou tan alto agora. Jim tiña dezaoito anos e estaba camiño de facerse home, e ela sabía que ocasionalmente se masturbaba na ducha. Ela non quería molestalo se ese era o caso, pero o sentido especial da súa nai díxolle que algo non estaba ben. "Jim, necesito que me fagas un favor".

Achegouse cada vez máis, a música medraba en volume e os sons aumentaban en velocidade e altura. A súa man temblorosa alcanzou o pomo da porta e agarrouno, dándolle un xiro fácil. Jim?

A visión que viu os seus ollos foi unha que Lorna Blanch nunca esquecería. O cuarto do seu fillo estaba no seu estado de confusión habitual. Nas paredes colocáronse carteis de Jennifer Garner e Jessica Alba xunto con mulleres de anime semiespidas. E o seu fillo estaba na cama, espido. As súas fortes pernas amontoaban algo, as súas cadeiras flexionadas e os músculos das costas ondulaban. Lorna deu un pequeno paso a un lado, cos ollos moi grandes. Debaixo do corpo do seu fillo había un par de seos perfectos e el mantíñaos xuntos mentres empurraba o seu pene entre eles.

Lorna Blanch berrou.

***

"Estás en serio?"

Burton e Acosta abriron as portas da casa da estación, saíron e baixaron as escaleiras de un salto mentres se dirixían ao seu coche.

"Gustaríame que non o fose. Chamou hai cinco minutos e dixo que o seu fillo estaba fodendo un par de tetas e que viña a buscar".

Estamos seguros de que pertencen a Julieta Friars?

"Non, pero realmente non se me ocorre ninguén máis que lle falten un par de tetas, non?"

Non houbo máis conversa ata que chegaron á pedra marrón, chamando para entrar. Lorna Blanch estaba dividida entre a rabia e o noxo, e o seu fillo, obviamente, levaba o peso de ambos.

"¿Señora Blanch? Son o detective Burton. Este é o detective Acosta".

A muller estreitou a man con forza, a súa mirada enfadada volveu cara ao mozo que tentaba facerse máis pequeno na cadeira. "Eu ensineille mellor que iso. Educou mellor que para levar esa cousa sucia á casa".

Acosta arriscou unha pregunta, receo de aumentar aínda máis a súa rabia. "Señora Blanch, está segura de que son... reais?"

"Oh, son reais, vale". Ela espetou con rabia, logo volveuse para berrarlle ao seu fillo. "Vaille ensinar, Jim.

O mozo non falou. Levounos as escaleiras ata o seu cuarto e sinalou a súa cama. Un conxunto perfecto de seos descansaba preto da súa almofada, coidadosamente tallados e recortados para a súa portabilidade, un pezón perforado cunha barra que tiña unha abella colgando del. Burton sacou un par de luvas do peto e examinou coidadosamente a carne.

"Son dela.

"Como podes saber?"

Burton levantou o peito esquerdo e mostroulle as letras tatuadas. pequeno b.

"Era o nome da súa rúa". Quitouse as luvas e volveuse cara ao mozo. "Onde os atopaches?"

"No vertedoiro". tartamudeo. "De camiño a casa da escola".

Burton fixo unha pausa para pensar e tirou a Acosta ao seu lado. "É mellor que traballemos rápido. Teño medo do que vai facer a continuación".

CAPÍTULO V

Burton e Acosta buscaron o lixo onde Jim Blanch dixera que atopara os seos, pero non puideron atopar ningunha outra proba. As tetas si pertencían a Julieta; encaixan perfectamente no seu lugar cando o médico forense os colocou no burato coidadosamente tallado no seu torso. Acosta case regurxitou o seu schnitzel de tenreira mentres saía pola porta. O doutor Arbitag riu tan forte que o globo de Vicks baixo o seu nariz ameazou con disparar pola sala.

"Ese debería estar nos Xogos Olímpicos. Probablemente levouse uns segundos ao tempo de Usain Bolt".

"Arby, es un verdadeiro cabrón, sabes iso?" Clarice riu, axudándoo a meter a parte do corpo na súa bolsa separada.

"Si, pero queresme". Pechou a bolsa e púxoa nun carro. "Ben, Clarice, non sei que dicirche, pero non puidemos atopar ningunha proba útil para ti".

"E o seme?"

"Buscámolo pero non obtivemos ningún resultado na base de datos".

Burton quitou as luvas e pisou a panca para abrir o colector de lixo médico. "Eu realmente non apostaba por iso de ningún xeito. Xa sabes que adoitan ser moi lonxe".

"Si, ás veces". Arby lavouse as mans e volveuse cara ao detective. "Pero nunca se sabe ata que o intentas".

"Arby, viches moitos casos. Sei que non es Michael Baden, pero necesito a túa experiencia". Fixo unha pausa, organizando os seus pensamentos. "Vai matar de novo e será pronto. Julieta foi onte. Tamara foi dous días antes. Pasada a medianoite, ímonos ter outra morte nas mans e o alcalde vai ser fodido".

"Non che gustará".

Burton sorriu, calmándose rapidamente. "Podes darme algo para seguir? Algo que sintas?"

Arbitag limpou as mans e comezou a lavar anacos de carne e sangue coagulado polo sumidoiro dunha mesa próxima. Mirouna un momento, despois soltou a válvula da mangueira, rematando o fluxo de auga. "Está tolo. Non só é intelixente, senón que tamén é un enfermo mental. A súa elección de usar prostitutas como obxectivos non é unha idea orixinal, pero a súa elección específica de prostitutas que non usan preservativos si".

"Non hai preservativos?"

"A canle vaxinal ou anal dunha muller que usa un preservativo de forma consistente é moi diferente á dunha muller que non o fai. As estrías musculares son moito máis suaves e os músculos vaxinais de ambas mulleres demostraron que ningunha practicara recentemente sexo seguro".

"Entón eran especialistas en facelo a pelo".

Arbitag asentiu coa cabeza, volvendo a encender a auga e botar os restos polo sumidoiro. "Juliet tiña VIH".

"E Tamara?"

"Clamydia".

"É comunicable?"

"Si".

"Pódese tratar?"

"A clamidia pódese tratar, si, pero... ben, sabes sobre o VIH".

"Si". Clarice mirou dentro da grosa bolsa de plástico, as fermosas características de Juliet distorsionadas polo groso material. "Entón ambas mulleres estaban infectadas, pero a el non lle importaba".

"Non. Atopamos seme na gorxa da primeira nena e atopeino algún na boca de Julieta cando a examinei. Os mozos eran iguais".

"Pero por que se dedicaría a cortarlle os peitos á muller e logo botalos? Quero dicir que pola incisión despréndese que se dedicou a facer un bo traballo...".

"Quizais tiña présa. Quizais os deixou alí para ti e para Acosta, e ese neno atopounos por casualidade. Quen sabe? A estas alturas, o motivo para deixalos non é o caso".

"E o punto é?"

"Por que foi necesario que cortase as mulleres? Podería saírse sen facerlles dano, pero sentiu que tiña que mutilalas. Por que foi iso? Por que a gorxa e por que os peitos? Por que escolleu mulleres que non non usas preservativos?

"Estaba facendo unha declaración". Burton dixo suavemente. "Unha declaración sobre as prostitutas que non usan preservativos. Prostitutas infectadas e de baixa calidade que transmiten a súa enfermidade ao cliente. Isto é como Jack o Destripador...".

A palabra que murmurou Arbitag era aínda máis suave. "Bingo". Inmediatamente, o cerebro de Burton púxose a traballar, arrastrando terra ao redor do xardín do seu cerebro fértil para obter información. O médico forense comprobou unha bandexa estéril de instrumentos, asegurándose de que estaban listos para a seguinte entrada. "E que tipo de persoa querería dirixirse a mulleres así?"

Unha vez máis, o detective reflexionou sobre a pregunta, pensando en posibles respostas. A cidade de Nova York era un lugar densamente poboado con todo tipo de persoas que querían que as Jezabeles, seropositivas, fosen eliminadas da faz do planeta. Arbitag moveuse detrás dela, colocando unha e logo unha segunda foto diante dela. A primeira foto foi dunha multitude tomada na escena do crime de Tamara. Os tiros de multitudes eran estándar e requiríanse en cada escena do crime traballada na cidade. Sabendo que a maioría dos asasinos eran seres psicolóxicos, sempre existía a posibilidade de que a persoa reaparecía en escena para deleitarse coa atención mentres ocultaba en segredo a súa identidade.

Os ollos agudos de Clarice escanearon a segunda foto, unha multitude tomada da escena do crime de Juliet, e non puido atopar unha conexión. Arbitag sentiu a súa frustración e, sacando un rotulador negro do peto da chaqueta, debuxou dous círculos no papel fotográfico e sorriu mentres o detective se achegaba.

"O cura".

CAPÍTULO VI

A muller era fermosa. O seu cabelo era dun saboroso ton castaño, elegantemente peinado cunha gorra de rizos arredor da súa cara. A súa boca tentadora estaba bordada de vermello e os seus peitos pálidos sobresaían xusto por debaixo do dobladillo do camisón de encaixe, burlándoo cos seus tops regordetes e pecosos. Ansiaba fregar o dedo por aqueles picos nevados, pero aínda non a coñecía ben.

"Queres unha copa?"

Ela meneou a cabeza e achegouse a el no sofá, volvendo a súa fermosa cara cara á súa. Tomou a pista e inclinouse, tomándolle a boca nun bico suave e metendo a súa lingua na súa boca. Ela era tan sumisa e a el encantáballe. Quería ser o home, demostrarlle que podía coidala, e quería que o soubese. Aínda bicandoa, levantouse e deixou que a súa man agarrase un dos seus peitos, fregando o seu pezón entre os seus dedos.

"Gústache iso, non?"

Deslizou a correa da súa escorrega sobre o seu ombreiro, deixando que os seus dedos acariciesen a súa pel suave. O seu peito sobresaía, o pezón suave e rosado, e el lambeu, tomando tempo para sentir as diferentes texturas. Pasaba o tempo, ía e voltaba entre os dous, pero a súa necesidade era demasiado grande e xa non podía loitar máis. Mentres os seus beizos exploraban o val entre os seus peitos, a súa man esvarou cara abaixo e conectouse co seu pene duro como unha roca, apretándoo antes de abrir e soltar.

"Dálle unha pequena mamada, queres?"

Os seus beizos se separaron e el empuxou a cabeza cara abaixo, xemindo profundamente mentres levaba a súa lonxitude total de seis polgadas na súa boca, deixando que golpease a parte traseira da súa gorxa. Era tan boa. El pensou que non se cansaba da calor suave e húmida da súa boca e da súa lingua flexible. Fregou contra a parte inferior do seu pene, apuntando ao pequeno feixe de nervios xusto ao sur da cresta e facéndoo tremer.

"Si nena. Só así. Tómao. Tómao todo".

Quería follala, pero unha vez que ela comezou a chuparlle o pau, soubo que non duraría. A súa garganta pequena formaba un baleiro ao redor da súa vara e, de súpeto, estaba apertando e chupandoo ao mesmo tempo. Apoiouse na cadeira, mantendo a man na parte traseira da súa cabeza mentres as súas cadeiras se elevaban, forzando o seu pene máis abaixo da súa gorxa.

"Oh, si. Ai carallo bebé, voume correr!"

O seu chorro de esperma foi acompañado do seu grito estrangulado e o seu corpo sacudíase con cada solta, as pernas ríxidas e rectas. Era tan boa, muxiulle ata a última gota, deixándoo débil e satisfeito, cun sorriso na cara. O golpe na porta da sacristía borrou ao instante ese sorriso e ergueuse de un salto.

"¿Reverendo Perkins?"

"Estou de camiño."

Burton sentou nun dos bancos e mirou para Acosta. "Que diaños fai alí dentro?"

"Non o sei. Dar unha bendición privada?"

O detective riu escuro, mirando ao redor da pequena igrexa. Non ía a unha igrexa desde que morreu Angie. Ela pensaba que non había Deus se permitía que unha nena morrera así. A porta da sacristía abriuse e o reverendo Henry Perkins avanzou, co uniforme inmaculado. Estendeulle unha man a Acosta e logo volveuse cara a ela mentres ela se erguía.

"Síntoo que te fixera esperando. Estaba traballando no ordenador".

"Un ordenador nunha igrexa. O mundo segue adiante".

"Sempre, detective Burton. As necesidades da alma non están limitadas pola tecnoloxía". Perkins riu coma se estivese facendo unha broma privada. "Como podo axudarche?"

"Quería facerche algunhas preguntas. Impórtache?"

"De ningunha maneira."

"Ben." Burton viu como o ministro se afastaba nerviosamente dela, observando ao seu compañeiro pasear polo altar, examinando os artigos sagrados da súa fe co ollo técnico dun oficial de policía adestrado. "Notei que estaba na escena de Williams. Creo que rezou por ela".

"Eh si". Perkins respondeulle e logo dirixiuse a Acosta. Por que estás nervioso, reverendo? "Deille os últimos ritos".

"Como soubo que era católica?"

"Eu non o fixen. Doulle os últimos ritos a quen o necesite, independentemente da súa fe".

"Ou a súa falta?"

O reverendo Perkins meneou a cabeza. "A todos nos concede a absolución se pedimos perdón polos nosos pecados. Por que unha prostituta debería ser diferente?"

"Es moi amable por parte de vostede, reverendo Perkins. Por iso viñeches á escena dos Frades?"

Ela captou o máis mínimo indicio de sorpresa no seu rostro antes de que se recuperase. "A escena dos Frades?"

Burton sacou a foto da carpeta que levaba e mostroulla ao home, observando atentamente a súa reacción. "Oh, si. Ía camiño dunha reunión de oración e vin con el. Tamén lle dei os últimos ritos".

"Eu vexo". Substituíuse a foto. "Vira algunha das nenas antes de morrer?"

"N-Non".

un tartamudeo Por que estás tan nervioso? "Estás seguro?"

"Si, estou seguro. Sabería". Perkins volveu mirar arredor e decatouse de que Acosta desaparecera. —¿Onde está o señor Acosta?

"Oh, probablemente estea nalgún lugar, probablemente fóra fumando".

"Por favor, desculpe".

"Reverendo Perkins, non rematei..."

O bo reverendo dirixiuse á sacristía a toda velocidade co detective Burton xusto detrás del. Acosta estaba dentro da pequena sala, examinando os certificados enmarcados que salpicaban os paneis. El levantou a vista, confuso, mentres Perkins entrou.

"Sí señor?".

Os ollos de Perkins foron ao armario da esquina, observando que as portas estaban firmemente pechadas. "Uh, esta é a miña oficina privada, detective. Agradeceríache que saíra."

Os ollos de Acosta atoparon os de Burton e este encolleuse de ombreiros. "Sen problema."

Perkins pechou a porta detrás deles e volveuse cara aos dous detectives. "Escoita, se non hai máis preguntas, teño que prepararme para o servizo de mañá á noite".

O detective Burton estreitoulle a man. "Grazas, reverendo Perkins. Porémonos en contacto contigo se temos máis preguntas".

Os dous detectives saíron rapidamente da igrexa e dirixíronse cara ao Chevrolet sen marca que estaba estacionado na beirarrúa. "O noso reverendo Perkins é un home interesante".

"Que che fai dicir iso?"

"Ela ten unha amiga no gabinete. Unha boneca de goma moi realista".

"Unha boneca?"

"Non unha boneca calquera. Unha boneca sexual". Acosta sacou do peto unha bolsa de plástico. "Coa boca chea de seme, podería engadir".

"O reverendo estaba fodindo unha boneca cando chamamos".

"Parece que é". Acosta sorriu. "¿Que di que facemos unha parada rápida na oficina do forense?"

CAPÍTULO VII

A noite estendeuse suavemente pola cidade como unha mancha escura de tisne, ennegrecendo o horizonte e bloqueando as estrelas que ela sabía que estaban alí. Antes de casar, Harry sempre comentara os seus ollos, dicindo que podía ver o ceo neles. Pero esta noite chegara cedo a casa e atopouno buscando o ceo no corpo dunha loira de tetas falsas. Despois de once anos de matrimonio, nunca esperaba isto. Ela cría nos felices para sempre, no Príncipe Azul e na súa encantadora princesa, e dun golpe de polla, o seu marido rompera eses soños.

E así, Carla Parker atopouse na súa cantina da comunidade local, rodeada de admiradores que a trataban de beber tras bebida, bebida tras bebida, empurrando o seu límite. Non sabía cando traspasou ese límite; ela só sabía que deixara de preocuparse polo seu marido enganador. Era como un obxecto estraño aloxado na sola do seu zapato e ela sacouno sen esforzo e tirouno a un lado.

"Con permiso." Era a súa voz a que atravesaba a néboa alcohólica: cortés e cabaleiro. "Podo comprarche un café?"

Unha exclamación e un berro xurdiron na súa repentina entrada en escena. "Oe, quen es?" Vimos primeiro. "¡Fódete, maldito cabrón inglés!"

Ela non lles fixo caso e volveuse cara ao home, dándolle un sorriso borracho. "Sí por favor." Colleuna da man e axudouna a baixar do taburete da barra, agarrándoa con gracia cando o seu talón colleu no chanzo e a impulsou cara adiante. Os outros riron da súa borracheira, pero el non. Puxouna en pé e axudouna a subirse a unha cadeira, despois botoulle café con nata e azucre ata que puidese levar a cunca aos beizos.

"Mellor?"

"Si, moito mellor. Grazas." O café lavou parte do borrón e ela sorriu ao fermoso descoñecido. "Grazas por rescatarme".

"Es Benvido." O seu sorriso era cálido e fácil. "Escoita, o meu apartamento non está lonxe de aquí. Por que non imos alí? Podo facerche un café máis".

"Isto soa ben. Déixame usar o baño primeiro".

Mentres ela estaba fóra, rematou o seu café e agardou pacientemente a que saíse, notando que outros homes observaban con atención. Saíu ao exterior, secándose as mans nun anaco de toalla de papel e foi agredido polo home que o chamara 'cabrón inglés'. Non sabía o que lle pasou, pero en segundos, era unha sombra violenta do seu antigo eu, lanzándose contra o home e deríndoo ao chan. Os outros homes que estiveran conversando con ela uníronse á refriega e, en pouco tempo, o taberneiro estaba chamando febrilmente á policía mentres voaban cadeiras e botellas e derramaba sangue.

Case trinta e cinco minutos despois, Burton recibiu a chamada de Stevens. "É unha pelexa de bar chamada Sin City".

"Eu teño oído falar deste local antes. Por que me chamas por unha pelexa?"

"Quererás falar coa vítima, Carla Parker. Ela di que estaba a piques de marchar cun home cando estalou a pelexa. Un inglés.

"Estou de camiño."

Cando ela chegou, o taberneiro estaba dando as boas noites ao último dos clientes e este non estaba contento de vela. A muller estaba sentada nunha mesa, nunha caseta, unha copa na man tremente e os cabelos nunha nube despeinada arredor da cabeza.

Stevens estaba esperando por ela, mirando a parte frontal escotada da súa blusa. "Chamase Carla Parker. Atopou ao seu marido na cama con outra muller e decidiu sufocar a súa rabia. Parece que bebeu demasiadas copas e chamou a atención de varios homes que a vían como unha 'oportunidade'".

"Bastón parvo". Burton murmurou. "Por que non o botaches da casa?"

"Non sei". Detívose a un lado da mesa. "Señora Parker, este é o detective Burton".

Parker levantou a vista, os ollos afundidos e vermellos. Comezou a falar, pero caeulle a cara e tragou un pouco de alcol contra a promesa de novas bágoas. Stevens deu un paso atrás e Burton sentou, tendendo a man e acariciando a man da muller.

"Fáleme del, señora Parker.

"Parecía ser agradable, un cabaleiro".

"Como soubo que era un cabaleiro?"

"Tiña acento inglés".

Burton mirou para Stevens e deulle á muller un sorriso alentador. "Son poucos e distantes. Señores, quero dicir". Parker asentiu, tomando outro trago. "Que máis che fixo pensar que era un cabaleiro?"

"Ofreceume café cando o resto daqueles matóns querían que beba máis. Non quería aproveitarme como o resto".

"Ese foi amable del. Moi tipo de home estraño que veu a socorrela, non cres?" As palabras da detective fixeron sentir a Parker incómoda, pero ela non dixo nada. "Ela dixo que ía con el?"

"Si, convidoume ao seu piso. Iamos tomar un café alí".

"Eu vexo". Burton mirou para a muller. "Podes darme unha descrición del?"

"Alto, escuro, barba, ollos castaños".

"Poderías identificalo se o ves de novo?"

"Si". Parker mirou ao seu redor para os outros axentes, a súa curiosidade espertou de súpeto. "Por que está tan interesada nun home que comezou unha pelexa?"

"Porque, señora Parker, ten a sorte de estar viva. Pensamos que o seu cabaleiro inglés asasinou dúas mulleres que coñecemos, e vostede podería ser o número tres.

CAPÍTULO VIII

A furia gobernaba as súas veas. Non podía pensar na dor que lle atravesaba o cranio e na rabia que lle fervía o sangue. Ela tiña. Ela estaba comendo das súas mans e pronto estaría sangrando no filo do seu coitelo. ¡Maldita puta! Limpou a fronte mentres camiñaba de volta á fronte do bar, sen poder evitar volver ao lugar. E alí estaba ela, esa idiota detective de televisión, sentada fronte á muller. Aínda podería telo. Agora tiña que atopar o xeito de facelo...

O teléfono móbil de Burton soou e ela acendeuno, saíndo da cabina.

"Burton".

Ola, son Acosta.

"Onde estiveches? Tentei chamarte cinco veces!"

"Eu estiven aquí no laboratorio. Díxome que esperase os resultados, recordas?"

"Si, pero non podes contestar o teu teléfono?"

"Levo dúas horas recibindo unha explicación técnica sobre o ADN, Clarence. O meu cerebro está sobrecargado".

Burton riu. "Entón, que novas tes para min?"

"Hai coincidencia".

"Estás de coña?"

"Non. O seme do cura coincide. Vou camiño da casa do xuíz para que se aprobe a orde de detención".

Burton dixeriu a información mentres se volveu para mirar a Carla Parker. Algo non estaba ben, pero ela non sabía o que era.

"Queres que te atope na casa do xuíz Anderson?"

"Non, iso non é necesario. Eu podo facerme cargo de todo isto. Chámote cando teña as cousas no seu sitio e xuntámonos para arrestalo".

"Vale. Bo traballo, Acosta".

"Grazas, Clarence. Vémonos máis tarde".

Apagou o teléfono e volveu mirar á muller. O que era? Que era o que a molestaba? Burton encolleuse de ombreiros e camiñou cara a onde estaba Stevens.

"Temos o mozo".

"Que, o rapaz desta noite?"

"Non. O asasino. Xa cho contarei máis tarde. Agora mesmo, temos que levar á Sra Parker á casa e saír de aquí".

"Vale."

Parker levantou a vista cando se achegaba.

"Pillaronno?"

"Non, pero collemos ao asasino, así que tes libre para ir".

"Non cres que el é o asasino?"

"Non. Temos probas irrefutables que proban que non o é, así que estás a salvo".

Os ollos de Carla enchéronse de bágoas. "Grazas a Deus."

"O detective Stevens asegurarase de que chegue sa e salvo a casa".

"Iso non é necesario. Non vou a casa. Só vou a un hotel da rúa".

"Aínda así, o detective pode levala ao hotel".

Parker levantouse, rematou a súa bebida e colleu a súa bolsa. "Grazas de todos os xeitos, pero vou camiñar. Necesito aire fresco, se sabes o que quero dicir".

"Señora Parker, non teño que dicirlle que é perigoso andar só a estas horas da noite".

"Terei coidado". Tropezou cara á porta, endereitándose mentres agarraba a manilla da porta. "Grazas pola axuda."

Os detectives observárona marchar, ambos sacudindo a cabeza ante a súa estupidez. Stevens golpeou a Burton nas costas. "Non é culpa túa, Clarence. É unha muller adulta.

"Non poderiamos arrestala por borracheira e conduta desordenada?"

"Realmente non. Descartaríase por un tecnicismo ou nos denunciarían". El sorriu. Ou coñecendo a nosa sorte, os dous.

Ela riu, asentindo. "Tes razón. Pois imos e xa che falarei do crego polo camiño".

***

Carla tarareou mentres camiñaba pola rúa. Amaba a cidade de Nova York a esta hora da noite. O vapor que saía dos sumidoiros, os reflexos dos letreiros de neón nos charcos de prata escura, os sons dos condutores impacientes e o cheiro dos gases de escape combinados para facer da cidade un lugar máxico para estar cando o sol se afasta do ceo. Estar borracho tampouco atenuou a experiencia. Acentuou todo e sen dúbida sentíase "alta".

Joder Harry! El riu e saltou feliz, lembrando a atención que recibira esta noite. Ves a Harry? Non es o único que pode conseguir a outra persoa! Cando se achegaba á esquina, viu que estaba alí, cun sorriso na cara, e ela correu, botándose nos seus brazos. "¿Onde desapareceches?"

"Saín pola porta de atrás. Non son moi loitador".

Ela tocoulle o bulto da tempe dereita e el fixo unha mueca. "Oh, síntoo".

"Aínda queres ese café?"

Ela notou o brillo nos seus ollos e sorriu. "Queres dicir, no teu apartamento?"

"Si".

"Non. Pero vou tomar unha copa".

"Vale, imos".

Ela deixoulle guiar o camiño, tropezando e rindo mentres os conducía por rúas e rúas. Finalmente, detívose nunha rúa escuro, empuxándoa contra a parede e bicándolle o pescozo. "Espero que non che importe un rápido. Es tan fermosa que non podo evitalo".

"Non". Dixo sen alento. "Non me importa". Os seus beizos ásperos estaban a tolear, beliscando a sensible carne do seu pescozo e facéndoa tremer. Cando as súas mans se moveron ata a cintura dela, ata o baixo do seu vestido, ela non protestou. O seu corpo tiña fame, fame pola atención dun home que obviamente gozaba da súa compañía. Vaite ao inferno, Harry. Os seus dedos arrincáronlle as bragas do corpo e ela separou as pernas con anticipación. "Oh si." Ela susurrou, o seu coño formigo. "Fódeme".

As palabras remataron cun ouveo estrangulado, o seu corpo empalado nas tesoiras de gran tamaño da modista que el inserira na súa vaxina. O sangue, espeso e morno, cubriu a súa man e detívose a cheiralo antes de meter o seu dorido galo nos seus torrentes palpitantes. Ela intentou rabuñalo, pero el suxeitou facilmente os pulsos cunha man mentres que a outra lle pechaba as cadeiras. Axiña a súa loita fíxose feble, os seus ollos revoloteaban e el meteuse nela máis violentamente, o seu sangue cálido e aveludado lubricando a súa canle.

Cando Carla Parker sacou o seu último alento, explotou dentro dela, o seu pene engrosándose con cada pulso de seme que salpicaba o seu interior e mesturábase co rico sangue. Ese foi o mellor ata agora, pensou ela, deixando que o seu pene esvarase dela e usando o seu vestido para limpar parte do sangue. Agora, para deixarlle unha mensaxe a ese detective: unha mensaxe para que ela saiba que non era para xogar.

Unha mensaxe para que saiba que era a seguinte.

CAPÍTULO IX

O reverendo Perkins parecía bastante sorprendido cando un pequeno exército dos mellores policías de Nova York apareceu na porta da igrexa. A detención desenvolveuse sen problemas e Burton, Acosta e Stevens quedaron atrás cos outros axentes, rexistrando as instalacións en busca de probas adicionais.

"Claire!" A chamada de Acosta fíxoa correr, e ela e Stevens entraron na sancristía e dirixíronse ao pequeno apartamento do ministro. O seu compañeiro estaba de pé ao outro lado da habitación, sinalando o fondo do armario; o mesmo armario que albergaba a boneca sexual de goma de Perkins. Un líquido escuro saía constantemente debaixo da porta, fluía en regos polo chan de cemento e mergullaba nunha pequena alfombra andrajosa.

Stevens achegouse á porta, usando o seu pano para coller un dos tiradores da porta e abriuno lentamente. No interior, a carón do torso de goma, estaba o torso dunha muller, unha visión que provocou un boqueo de todos os presentes.

"¡Xesús! Esa é Carla Parker!"

Burton achegouse, os ollos fixos no rostro da muller. A súa expresión era de desolación, de dar a vida e sacudiu á detective ata o fondo da súa alma. A mirada nos seus ollos... "Clarence. Clarence, estás ben?"

"E-Si". Volveu ao seu modo profesional, aínda sorprendida. "Estou ben."

Acosta estaba detrás dela, coa voz baixa e tímida. "Clarice, parécese a ti". Por primeira vez, o detective Burton mirou o corpo, mirouno de verdade. Carla Parker era morena, pero o seu cabelo era louro. Puxéranlle unha perruca na cabeza. "E mira, no seu peito". A través do tecido graxo do peito de Carla Parker había unha insignia policial. O seu número de matrícula, 5803, estaba escrito e pegado a unha tira de cinta antiséptica.

Stevens e Acosta mirárona durante un longo momento, sen querer comentar.

"Foi o".

"Que?" berrou Acosta.

Era el. O noso inglés.

"Que estás dicindo? Como podería ser el cando temos probas sobre Perkins?"

"Non sei como explicalo, Stevens. Só o sei. Esta é unha mensaxe para min".

"Por que ti?"

"Debeu volver ao bar. Debeu de verme con ela e decidiu que a mantiña lonxe del". Burton non podía apartar os ollos dos ollos baleiros de Carla Parker. "El está a dicirme que vai vir por min despois."

"Pero que pasa co reverendo Perkins?"

"É inocente".

Acosta púxose diante dela. "Que estás facendo? Temos este gilipollas atrapado!"

"Témolo?"

Mirou para Stevens, que tamén estaba mirando para ela. "Que diaños é isto?"

"Este é un arenque vermello, organizado para o noso beneficio e para implicar a Perkins. Perkins non é o asasino". Volveuse para saír da habitación, lanzándolle palabras por riba do ombreiro: "Está aí fóra esperándome".

***

Meteu dous cuartos na máquina e meteu o xornal debaixo do brazo. O seu apartamento estaba a poucas cuadras de distancia, e esta era unha parte necesaria da súa rutina diaria, a súa forma de manter unha conexión co mundo real. Mirou o seu reloxo e acelerou o paso. Case seis. Hora de noticias. É hora de descubrir se ese detective recibiu a túa mensaxe.

A emisión de Breaking News comezou ás 5:59 e acomodouse no seu sillón reclinable, o xornal no colo e unha cervexa na man. "Boas noites. Comezamos coas noticias de última hora de St. Peter's, no Lower East Side. O reverendo Henry Perkins foi detido polos asasinatos de Tamara Williams, Julieta Friars e a última vítima, a recepcionista Carla Parker, de 38 anos.

A Sra Parker estivera implicada anteriormente nunha pelexa no Sin City Bar, pero conseguiu escapar sen feridas. Unha vez que a policía marchou, a señora Parker marchou pola súa conta, a pesar de que a policía lle ofreceu transporte e foi roubada e asasinada en Canal Street".

Escoitou atentamente ao locutor, sopesando cada palabra e buscando un reflexo daquela cadela, o detective Burton. Preguntouse se sería o suficientemente valente como para enfrontarse a el. Finalmente. O que esperaba. A cadela policial de tetas grandes apareceu na pantalla.

"Podes contarnos máis sobre esta investigación?"

Os ollos da muller deixaron o rostro do xornalista e dirixíronse ao obxectivo da cámara. "A investigación non rematou. Detivemos a unha persoa de interese, pero eu, persoalmente, non creo que esa persoa sexa o autor dos feitos. Creo que segue aí fóra, á espera de volver atacar".

Burton mirou para a cámara, ignorando os murmurios furiosos de Stevens, que estaba detrás dela. "Recibín a túa mensaxe. Estou esperando por ti".

O xornalista afastouse dela para rematar o segmento da emisión, e Stevens agarrouna dos ombreiros e fíxoa voltar. "Que diaños estás facendo?"

"Intentando atopar ao asasino, John. É hora de xogar ao teu xogo".

CAPÍTULO X

Clarice Burton púxose diante do espello e mirou o seu reflexo con atención. Durante anos escondeu a súa feminidade debaixo do uniforme, tras un distintivo que a equiparaba con todos aqueles que a vitimarían en nome desa feminidade. E iso estaba ben. Movíase entre os círculos do apartamento, aparentemente allea aos susurros que a seguían cando entraba na sala de escuadróns, pero sempre dolorosamente consciente de que por moito que o estivese, sempre sería vista como unha nena pelirroja de enormes tetas.

O paso ao detective fora unha obsesión. Traballaba moito, lendo e estudando cando os rapaces estaban de festa ou xogaban ao póker, e o duro traballo deu a pena. Levantouse das escorias da oficina, subindo ata as escorias dos detectives. A súa habilidade innata para detectar as probas mantivo a súa cabeza e ombreiros por encima da media e, pronto, destacou polas súas extraordinarias habilidades. Agora, podía facerse cargo á súa maneira e tivo a sorte de relacionarse con Acosta como a súa parella. Aínda que era un dos que odiaba a afluencia de mulleres nas filas de detectives, mantivo a boca pechada e fixo o seu traballo.

Ela non se recoñeceu. Esta persoa, de pé diante do espello... esta fora a persoa que fora hai tantos anos. A nai de Angie. Unha muller á que lle gustaba ser muller. Unha muller á que lle gustaba ser tocada e bicada. Unha muller que gozaba do corpo dun home xunto ao dela, converténdose nun baixo o ruxir das sabas de algodón. Só ver o seu propio corpo curvilíneo no vestido fíxoa perder de súpeto a intimidade do toque doutra persoa e preguntouse por que realmente estaba facendo isto. Quería atrapar ao asasino ou experimentar sexo?

O reloxo do salón deu media noite e ela quedou conxelada diante do taboleiro, co corazón latíndolle nos oídos. Os seus ollos percorreron os rostros, deténdose uns segundos para renderlles axeitadamente homenaxe. Ela facía isto por eles, por cada unha desas pobres almas que perderan a vida por persoas como o inglés. Ao detelo, estaríalle dando un pouco de paz e quizais tamén a ela mesma. Xa era hora de ir. Dame forza.

Ela pechou a porta, comprobando que o seu distintivo e a pistola estaban no seu bolso, e meteuse no coche sen marca que conducía para casa. Púxolle o pelo de punta inmediatamente, pero non tivo tempo de sacar a arma da bolsa. Con calma, sereno, introduciu a chave no contacto e dixo: "Ola, Jack".

"Ola, detective Burton". Sentou no asento traseiro, mantendo o cañón da arma presionado contra a parte traseira da súa cabeza e asegurándose de permanecer nas sombras. "Estás fermosa esta noite".

Os seus ollos atoparon os seus no espello retrovisor. "Vestiume así para ti".

"De verdade?" A súa voz ronca provocou calafríos a través dela. "Estás dicindo que queres xogar comigo?"

"Si, Jack. Quero xogar contigo."

Achegouse tanto que ela podía sentir o seu alento cálido no pescozo. "Sabes o que significa?"

Clarice sentiu un tremor no fondo do seu estómago e non puido facer nada para detelo. El sabía exactamente o que quería dicir e se non gañaba este partido, o resultado sería a súa morte. "Si", dixo suavemente. "Sei o que significa".

"Podes converterte na miña obra mestra máis grande ata agora, Clarice. Unha muller tan valente para afrontar a morte".

"Non me matarás, Jack".

"Non o farei?"

"Prefires foderme".

A súa man pechouse de súpeto sobre a súa gorxa, forzando o aire a saír dos seus pulmóns. "Podo facer as dúas cousas, detective. Non me provoques. Se o fas, pode que non che pareza tan emocionante a experiencia".

Quería contestar, pero non tiña folgos para facelo. En vez diso, ela asentiu e a súa man desapareceu tan rápido como parecía e jadeou. "Síntoo, Jack. Non quería facerte enfadar. Só che facía saber que me ofrecía por completo e completamente polo teu pracer".

"Non tes que ofrecer. Levo o que queira".

A súa mente intentou traballar rapidamente. Agora estaba enfadado, algo que ela non quixera. "Síntoo Jack."

El inclinouse. "Así é como me gusta unha muller. Submisa. Coñeces o teu lugar, detective Burton?"

"Si". Ela respondeu sen dubidalo. "O meu lugar está debaixo de ti".

El sorriu na escuridade, o seu pau endureceuse ante a súa resposta. Esta seguramente ía ser a mellor noite da súa vida. "Ten razón, detective. Agora pon en marcha o coche e direiche onde ten que ir".

Coa man tremulada, a detective Clarice Burton arrincou o coche, púxoo en marcha e marchou cara á escuridade, sen saber se chegaría a casa con vida.

CAPÍTULO XI

Ela non sabía como o facía, pero dalgún xeito conseguiu conducir o coche, seguindo as indicacións que el lle deu. Algunhas veces, cando pasaron os coches da policía, pensou en aceitalos e preguntouse que estaban pensando Acosta e Stevens, se volveran á súa casa a buscala cando ela non estaba. Esperemos que a estivesen a buscar agora mesmo, pero ela non tiña a esperanza de que a atopasen. As instrucións que Jack lle dera leváronos fóra da cidade, fóra do alcance que os detectives estarían a buscar, e de algún xeito ela sabía que era consciente diso. Finalmente, dirixiuna a unha calzada e ordenoulle aparcar o coche.

"Estamos aquí, precioso". A súa voz profunda respirou no seu oído mentres apagaba o motor. "Por que non entramos onde fai máis calor?"

"Vale." Ela alcanzou a manilla da porta, pero a man sobre o seu ombreiro detívoa.

"Agarda. Venda primeiro os ollos. Pecha os ollos".

Ela fixo o que lle dixeron, tremendo máis cando escoitou abrirse a porta traseira do coche. O cambio no coche alertou de que abandonara o asento traseiro e que o aire frío atravesaba ela mentres abría a porta. Colocou un anaco de pano suave con protectores oculares na cara, e cando abriu os ollos, non puido ver nada. A súa man cubriu a dela e ela estremecía ao sentir a súa pel áspera.

"¿Listo, detective?"

Burton non confiaba na súa voz, estaba tan asustada que simplemente asentiu e abandonou completamente o seu control. Estaba entumecido; ela non podía sentir nada, excepto onde a súa man tocaba a dela e cada paso enviaba sacudidas polo seu corpo, devolvéndoa constantemente á realidade. Sentiu unha subida no camiño, despois pasos, despois un longo corredor pasado a porta principal. O seu movemento cara a adiante diminuíu e ela sentiu que era manobrada arredor de algo e despois empuxada suavemente cara atrás. Cando rebotou, ela soubo que estaba sentada nunha cama e o seu corazón latexou un latexo.

"Benvido á miña casa, detective".

"Grazas. Pódome quitar a venda dos ollos?"

"Non. Quero que o manteñas ata que eu decida como vai rematar esta noite".

"Xusto, supoño".

Burton intentou respirar fondo, coa esperanza de que lle axudase a evitar o seu medo, pero ela sabía que podía dicir que estaba petrificada. "Es diferente do que eu pensaba". Comezou, as mans acariñando os seus ombreiros. "Esperaba unha muller dura, pero ti es todo menos dura".

"Por que pensaches que sería duro?" Odiaba o tremor da súa voz, pero a calor das súas mans a través do fino tecido do seu vestido estaba chegando ata ela.

E el sabíao. "Tería que ser duro para ser detective de homicidios". As súas mans subiron polos seus brazos, levantando a pel de galiña ao seu paso. "Cando foi a última vez que un home te tocou así?" Cando ela non respondeu, continuou el, inclinándose preto da súa orella. "Cando foi a última vez que un home che dixo que eras espectacular?" Os seus dedos movéronse cara abaixo, rozándolle os pezones facéndoa boquear. "Cando foi a última vez que un home che deu un bo e duro carallo?"

Clarice non podía falar. Cando foi a última vez que tiveches unha boa follada dura? Esquéceo, cando foi a última vez que a bicou? O feito de que non puidese responder foi un sinal revelador. "Moito tempo." Ela respondeu suavemente.

"Unha muller fermosa coma ti?" Achegouse. "Estou seguro de que hai centos de homes por aí que te queren, entón por que estás só?"

"Son policía, non teño tempo..."

"Para relacións?" O río. "Xa oín iso antes. As mulleres fermosas nunca tiveron tempo para min, sobre todo esas putas". As súas mans acariciaron os seus peitos, ahuecándoos e rodeando os seus pezones a través do tecido. "Quítate o vestido".

Comezou a dicir algo, pero cambiou de opinión. Lentamente, ergueuse, desabotoando a parte desabotoada do vestido e deixándoa caer dos seus peitos. Ela estaba a piques de empuxar o resto do vestido para abaixo cando os seus beizos atacaron os seus pezones, lambendo e chupando ata que se elevaron a puntos doloridos. Clarice jadeaba, amando cada lambetada e chupada que lle daba. Sentíase tan ben ser violada que ela esqueceu o perigo e só pensou nas súas mans quentes no seu corpo.

"Quero foderte, detective. Estás preparado para xogar ao meu xogo?"

O seu corpo tremendo pola súa atención, empuxou o vestido para abaixo, saíndo os ombreiros. "Si, Jack. Imos xogar.

CAPÍTULO XII

Burton aínda tiña medo. Ela estaba espida e cos ollos vendados, agardando o seu mando como só un escravo ansioso podería. Todos os nervios estaban ao límite. Todos os cabelos estaban en pé. Cada fibra dela tremía, cada parte esperaba a súa palabra.

"Un xogo duro, detective. Podes manexar iso?"

"Podo manexar moito máis do que pensas, Jack".

"De verdade?" Un indicio de incredulidade xoguetona coloreou as súas palabras, e ela aperta os dentes contra o tremor de medo que a atravesaba. Respirou deliberadamente contra o seu pescozo, a calor facíaa tremer. "Pódesme pensar moitas cousas que facer co teu fermoso corpo".

"Aposto a que podes". dixo suavemente. "Pero por que non me deixas servirte?"

"Por que? Ese é un traballo de puta". O seu ton pasou de xoguetón a enfadado en segundos, algo que a asustou. "Debería tratarte como a esas putas?"

"Non". Burton dixo rapidamente. "Síntoo Jack." Caeu de xeonllos, baixando o queixo ata o peito. "Por favor, acepte a miña desculpa".

"Acepto a túa desculpa". Ela sentiu a súa bota nas costas, empuxándoa cara adiante no peito. "Pero se volve pasar, voute matar. Entendes?"

"Si Jack."

"Está ben. Odio ás mulleres que pensan que poden pensar máis en min. Non se pode facer".

"Si Jack."

"Lámeme a bota". Clarice inclinouse, sabendo que o seu pé estaba debaixo da súa cara, e sacou a lingua, saboreando unha combinación de sucidade e sal da estrada. O sabor era horrible, pero ela intentou non mostralo porque estaba segura de que estaba a ver. "Vale. Agora érguese".

Ela ergueuse lentamente, o seu corpo aínda tremía. Aínda que as súas mans rodeaban o seu corpo, apuntando aos seus pesados peitos, ela sabía que a dozura do seu toque era unha mentira. A caricia pracenteira converteuse nunha ladaíña de dor, puntuada polos seus berros. Os seus dedos pincharon a carne tenra do seu peito con tanta forza que sabía que ía magollar case inmediatamente. Ela loitou as ganas de loitar contra el; ela sabía que iso era o que el quería. Entón a tortura empeoraría. Os seus dedos atoparon novos obxectivos e Burton case se desmaiou pola dor dos seus pezones escordados.

De súpeto, detívose, deixando que o seu alento cálido baixase en cascada polo seu pescozo. "Es moi duro, detective". Ela non falaba porque se esforzaba tanto por non chorar, pero sabía que el sabía de todos os xeitos. Colleuna da man e levouna por un longo corredor, despois axudouna a baixar uns chanzos. "A ver como che gusta isto".

No momento en que sentiu a esvaradía banda de coiro no pulso, soubo que estaba en problemas. Ela intentou loitar, pero el era moito máis forte, forzándoa a entrar no cadro, agarrando primeiro un pulso, despois o outro. Ela intentou darlle unha patada, pero el agarroulle a perna e atouna con facilidade cun tirante de coiro, encaixándolle tamén o outro nocello nun. Agora estaba completamente á súa mercé.

"Foi unha boa rapaza, detective. É unha mágoa que teñas que ser castigado".

"Non!" Burton torceu os brazos, tentando agarrar o coiro, e non atopou ningún. O cadro balanceou e torceuse, dándoa a volta para que estivese colgando cara adiante, e un chasquido descarado detrás dela alimentou os seus peores medos.

"Si!"

O látego colleu o centro das súas costas e el jadeou ante a dor que atravesaba o seu corpo. O látego caía unha e outra vez, facéndoa chorar cada vez, pero saíu como un xemido. Dez latigazos despois, era unha masa de carne saloucando, dándolle as mans e aínda intentando liberarse.

"Déixame ir, anaco de merda!"

"Oh, que pasa, detective? Quería xogar e agora non lle gustan as regras?" O cadro inclinouse unha vez máis, rebaixándoa uns polgadas, e ela soubo o que viña. "Ben, por que non comezamos a festa?" Ela sentiu os seus dedos no seu coño seco. "Prepárate, detective. Estou a piques de abrilo".

Burton sentiu o seu empuxe e escoitou o seu choro sen palabras. As súas mans deixaron o seu corpo e el sacou do seu coño, levando a gaiola consigo. Aínda cos ollos vendados, só podía imaxinar como sería a escena: o sangue corría vermello polas súas pernas mentres brotaba de dous buratos na cabeza do pene, dous buracos que foran perforados na súa carne por dous postes de prata unidos a unha gaiola. . prata. que caben no seu coño. As puntas da súa base asegurarían que sangrase abundantemente se intentas quitala.

"Cadela!" Berrou desde algún lugar detrás dela. "Que carallo me fixeches?" Tirou dos brazos e das pernas e aínda non atopou alivio. "¡Cadela! Ti..." O silencio repentino só foi roto por un xemido e escoitou que a gaiola golpeaba o chan, seguido rapidamente polo son do seu corpo chocando contra ela.

A detective Clarice Burton colgaba do cadro, aínda saloucando, non de medo senón de alivio. Acabouse. Agora só tiña que esperar a que a baliza de sinalización traera axuda. Acosta e Stevens virán aquí pronto. Só tería que sufrir as bromas de oficina de ser atopada espida. Todo acabou agora.

CAPÍTULO XII

"¡Clarice! Clarice!"

Escoitou a voz de Stevens pero estaba demasiado entumecido para moverse. Sentíalle os brazos como chumbo e mareábase polo sangue que se lle acumulaba na cabeza. As lazos de coiro caeron, un por un, e axudárona a levantarse, só para descubrir que non podía soportar. Uns fortes brazos levárona ata un lugar onde a deitaron e a cubriron con algo. Uns minutos despois, quitábase a venda dos ollos e as ventosas saíron cheas dunha mestura de suor e bágoas.

Ela parpadeou contra a dura luz, reaccionando como quen se fixara nun flash e quedou momentaneamente cegado. Alguén limpou os seus ollos cun pano frío, limpando os restos, e ela levantou unha man para fregalo, aínda pestanexando con furia. Uns minutos máis e a súa visión aclarouse o suficiente para que o rostro de John se enfocase, a súa expresión non ten prezo.

"Xoán, é ese medo que vexo?"

"Estás ben?"

"Si, estou ben. Onde está Acosta?"

Stevens tragou saliva, os seus ollos movéndose a un lugar no chan. "El está alí".

As palabras non se afundiron ata que viu o corpo, entón a incredulidade nubreu a súa mente. O seu compañeiro, o seu colega máis próximo, estaba tirado no chan, un charco de sangue estendido como unha manta debaixo del. A gaiola estaba a uns polgadas da súa man, as súas puntas cheas de carne xelatinosa. "Tony?"

O detective Stevens puxo as mans sobre os ombreiros de Burton, a voz baixa mentres máis axentes entraron na sala. "Foi Acosta, Clarence. Era Jack".

"Non puido ser. Como..."

"Hoxe recibín unha chamada do doutor Jonathan Herbert. El dixo que estivo tratando a Acosta durante os últimos dez anos e que Jack era unha das súas personalidades abertas".

"Por que non te puxeches en contacto connosco antes de agora?"

"Ao parecer, estivo en Baltimore nunha convención. Non volveu ata esta mañá e púxose ao día da súa lectura. Foi entón cando descubriu que era Acosta".

Un tremor comezou no fondo de Burton que non puido parar e caeu en bágoas nos brazos de Stevens. Ela estivera preto da morte. Non era iso o que máis medo a ela. Foi que durante todo este tempo, Acosta estivera tan preto dela.

"Sácame de aquí, John. Por favor. Lévame a casa".

***

Os seguintes días estiveron cheos de máis actividade da que Burton podía soportar. Todos os medios querían falar co duro detective que atrapara ao asasino chamado "Jack o Destripador", pero ela non quería nada que ver con iso. Retirouse á súa casa, pasou un tempo diante da parede de cadros de cortiza e chorou sen control. Case lles fallara. Estaba tan inmersa no seu traballo, na súa procura deste asasino, que se esqueceu de vivir. Era iso o que Angie quixera para a súa nai, cortada da civilización?

Catro días despois do asasinato, foi ordenada á comisaría para dar un informe completo e saíu da experiencia sentíndose esgotada. O xefe da policía recomendoulle tomarse uns días de descanso para recoller os seus pensamentos, e ela aceptou, aínda demasiado emocionada pola reunión informativa para protestar. Cando pasou por diante da oficina do detective, parouse a mirar dentro e viu do que tanto desexaba formar parte. Stevens, Andreotti e un par de rapaces máis estaban reunidos arredor dunha mesa, bromeando e rindo xuntos.

Ela non podía parar. Ela abriu a porta, entrou no espazo aberto e todos os ollos volvéronse cara ela. Burton tragou saliva, díxose a si mesma que buscaría mensaxes no seu teléfono e marcharía en silencio.

Todos observaron como ela pasaba, coxeando lixeiramente polas feridas curativas do látego, observando en silencio a súa forza silenciosa. Os primeiros aplausos conxelárona en pista e volveuse para ver a Stevens de pé e aplaudindo por ela. Andreotti e os demais uníronse e, en poucos momentos, todos os detectives estaban en pé e aplaudiron a coraxe da detective Clarice Burton.

Foi ao seu escritorio e comprobou as súas mensaxes, enxugando con rabia as bágoas mentres garabateaba a información. Mentres colgaba o teléfono, notou un pequeno paquete na esquina e pouco a pouco desenvolvíao. Dentro estaba a gaiola vaxinal de prata, coas súas puntas intactas, agás que estaban perforando un modelo de xoguete de Jack o Destripador. Unha pequena nota adxunta na parte inferior rezaba: Benvido á selva. Por algún motivo estraño, as palabras fixeron chorarlle os ollos e ela entendeu o que dicían os seus compañeiros. Sempre foi unha delas e foi especial para o equipo dun xeito que eles non o eran. A súa masculinidade non lles permitiu admitir o seu amor por ela, pero deixáronlle saber que a querían.

O detective Burton sonouse o nariz, ergueuse da súa mesa e saíu, aliviada ao notar que a sala de detectives volvera á normalidade, a xente atendendo chamadas, enchendo documentos e discutindo casos. Parou pola mesa onde estaban os rapaces. "Débenme o xantar".

"Que?" Dixo Andreotti mirando aos seus compañeiros detectives.

"Coñezo a rutina. Resolve un caso, o grupo convídate a xantar, non?" Stevens riu. "Si, é correcto".

"Está ben. Cada un de vostedes me debe o xantar".

Burton saíu da habitación cun sorriso na cara e un lume no seu corazón. Vou vivir, Angie. Vou vivir

FIN